사랑의 기쁨

사랑의 기쁨

이병우 시집

대양미디어

『사랑의 기쁨』을 내며

들꽃처럼 살아온 세월을 반추해보면서 그동안 시편으로 남긴 300여 편의 글속에 80여 편을 골라 책으로 펴냅니다.

일찍이 고희잔치를 준비하면서 선물용으로 준비하려 했으나 섣부른 행동이 과욕은 아닐까 싶어 몇 번을 망설이다가 버릴 것은 버리고 나머지를 5개의 팩트로 엮어 펴냅니다.

내가 살아온 격동기의 발자국이기도 하고, 눈물과 회한과 사랑의 느낌이 숨 쉬는 공간이기도 해서 자랑스럽습니다.

매 순간순간 마음을 다스리며 아빠로서 자랑스러운 모습을 보이려고 주님께 의지하여 자신을 경책하며 흔들림 없는 삶을 지켜온 지난 세월이 아름답게만 보입니다.

빛이 나는 삶이었습니다. 한창 어미의 사랑이 필요한 때에 외롭고 고단했던 빈자리를 슬기롭게 견디며 아이들이 곱게 커 주었고, 사회 일각에서 훌륭한 재원으로 자라고 키웠음을 하나님 앞에 축복으로 경배합니다.

총탄이 날아드는 월남의 정글에서나 무자비한 생존경쟁의 그늘에서 살아남기 위해 직장생활을 하면서도 야간에 총알택시 기사로 알바도 해야 하는 삶의 현장에서 하늘이 주신 가족을 위한 애잔한 사랑으로 살았습니다.

그와 같은 세월의 아픔이 이제는 이웃을 사랑하고 나눔을 베풀며 더불어 사는 생활로 하루의 기쁨을 찾아가고 있습니다. 그래서 삶을 후회해 본 적이 없으며, 늘 하나님을 닮은 불특정한 이웃을 만난다는 생각으로 하루를 준비하고 하루를 아름답게 마무리합니다.

이 책에 실린 10여 편의 찬송가는 20년 전부터 다듬고 다듬어온 가락이 있는 시입니다. 최근 작곡가 몇 분이 이 시를 보시고 아름다운 찬송가로 만들어주셨습니다. 이 책이 만들어지는 즈음에 이 찬송가도 하느님의 성전에 울려 퍼져 내 영혼을 받아줄 주님의 가슴을 여는 구원의 노래로 불리기를 기대합니다.

오늘도 함께 사랑하며 함께 사랑의 기쁨을 노래하는 하루를 만들기를 기도합니다. 모든 분들에게 사랑의 인사를 드립니다. 어려운 환경임에도 이 책을 만들어주기 위해 수고하신 대양미디어 정영하 편집장께 진심으로 감사의 인사를 드립니다. 감사합니다.

2017년 11월 17일
저자 이병우

차례

제1부 영성의 아침

제3부 들꽃처럼 살아온 세월

제1부
영성의 아침

꽃잔디

바닥을 기면서도 기쁨을 안다.
지구의 한 귀퉁이를
꽃방석으로 갈무리했다.

누구는 그늘을 만들어 은혜 베풀고
누구는 열매를 맺어
뭇 생명을 살리고

누구는 자기 몸을 나눠 주어
죽어가는 생명을 지키지.

지구의 한 귀퉁이를 나눠 쓰는 우리들
사는 방법이 다 다르다.

양지쪽의 빈 귀퉁이를
꽃잔디로 꾸미는 선행이 빈 가슴을 메워나간다.
꽃이다.

무궁화 꽃 이름

무궁화 꽃 아름다운 이름도 많지
우리겨레 상징하는 한겨레의 꽃
홍단 심에 백단 심에 칠보아사달
옛날부터 불려오던 우리말 이름
근화향의 옛 이름도 잊지 마셔요.

무궁화 꽃 피어나는 푸른 계절에
백가지도 더 있어요. 무궁화이름
옥토끼와 홍화랑에 배달 한마음
우리 땅에 피고 지는 무궁화이름
꽃 이름을 살피면서 배워보셔요.

(2013년 한민족예술제 우수상 수상작품)

나눔

대모산 기슭에 마련한 주말농장
산 까치 산비둘기 꿩과 멧새들
내가 머슴이고 이들이 주인이 되었다.

언제나 먼저 밭에 나가
벌레를 잡고
풀도 쪼고 주인의 눈으로 나를 쏘아본다.
"왜 이제 나와?"

농장에 갈 때마다
밭고랑을 먼저 차지한 이들이 부끄러워
콩 한줌, 수수쌀 한 줌
던져주고 오는 해 그늘 쉼터에
소리가 낭창낭창 넘쳐난다.
'바쁘면 천천히 와 농장 우리가 지킬 게'

자연이 농심이라고 했던가?
내 무릎 앞에까지 다가와 갸웃갸웃
내 모습을 살핀다.
주말농장의 산새들.

새벽기도

문득 마음이 서러워 달려간 품
어둠이 걷히지 않아도
조용히 손 모으고 묵상을 하다보면
가슴 가득히 인거오는 행복감
그래서 주님의 품이 그립습니다.

마음이 가난하여
통성기도로 가슴 여는 여인들
이제 가슴을 여미세요.

종소리 깨어나
내 머리를 깨워도
기도의 소망 듣고 계세요.

어둠이 미명 밝아져
내 영혼의 기쁨 만날 때까지
하늘은 영광의 빛 가득해요.

새벽의 기도·2

은혜 충만한 거리
십자가 불빛만 보아도
가슴이 울렁거립니다.

새벽이 다가와
일상의 흐트러짐 추스르고
온유의 발자국 만들어 갈 때
마음의 저편에 자리하신 주님

나약한 주님의 종이지만
언제나 부끄럼 많은 나날
만들어가는 죄인이지만 건강히 살겠습니다.
하늘을 이고 사는 동안
사랑하고, 용서하고, 은혜 베풀며 살겠습니다.

나에게 남겨진 시간
주님 앞에 손잡고 나갈 때까지
빛나게 살겠습니다.

향나무

계절이 변해도 언제나 변함없는 얼굴
고향의 든든한 아버지모습과도 같은 몸

한줄기 불 피워
사라진 영혼 불러 세우고
가슴에 품은 향기로
은혜로운 세상 만드는 힘
그것은 어머니의 손입니다.

백년을 살아도
천년을 살아도
변함없는 충절忠節의 마음
향나무가 새벽을 엽니다.

춘분

아침부터 고드름 눈물 뚝뚝
시집가는 딸 마음이다.
그 마음 똑 같은 웅달에는
녹지 않은 눈 더미.

먼 산기슭에는
겨우내 덮고 자던 이부자리
여기저기 널어놓고 말리는지
안개가 보송보송
물안개가 모락모락

버들가지는 낭창낭창
먼지바람 속에 울고 있다
오늘은 낮과 밤의 길이가 같다는 춘분.
아버지는 농사일이 급하시다.

고약한 친구

주말농장의 친구들
일주일 마다 만나 반가워
준비한 알곡 나눠주었음에도
뭐가 서운한 지
금방 자라 오른 콩꼬투리 쏙쏙 빼어먹었다.

쌀집에서 벌레 먹은 쌀 한 줌
기름집에서 기름 짠 깻묵
한 덩어리
야채가게에서 얻은 배추한단
새들에게는 귀한 음식
주일마다 나눠주었는데도
콩꼬투리 쏙쏙 빼어먹고
나를 바라본다.
고약한 놈, 내가 뭐를 잘못했니?

징검돌

누군가
이 징검돌 밟고
건너길 바라며 놓은 돌

길가에 놓인 쓸모없는 돌이라도
이렇게 물속에 놓여
은혜를 베푼다.

내가 살아온 길 되돌아보며
남을 위해 징검돌 되어 본 적 있을까
하늘을 이고 살면서
뉘우침과 회개의 눈물 쌓을 때
높은 하늘 낮아지겠지.

성가대 연습

일요일이면 새벽 3시에 일어나
교회로 나선다.
이시간이면 모이는 밝은 얼굴들
기운을 입고 화음을 맞추다보면
모두 은혜의 가족이다.

믿음으로 한마음 되어
신앙으로 한 자리에서
하나 되는 시간

너와 내가 따로 없고
위와 아래가 없는 평등의 시간
먼동 트는 하늘도
함께 맞는다.

산

산에 올라 정상에서 보면
산이 섬이다.

누구의 도움도 없이
철따라 스스로 코디로 차려입고
앉아있는 산

비 내린 아침
산정山頂이 아닌 산 아래에서 보아도
시집갈 처녀처럼 삼단머리 빗질하고
친정어머니 앞에 앉아있는
신부 모습이다.

(2017. 8. 18)

십자가의 사랑

조용히 다가온 새아침
동녘 하늘
떠오른 태양을 외면하며
마다할 백사장이 있나요
양지가 있나요

교회를 사랑하며
십자가를 가슴에 안은
사랑이야말로
굳게 잠긴 사랑도
스스로 풀 비밀번호가 있지요

마지막 한 장 남은 달력
떼이면 역사 속으로 접어든 한 해
멀 리
종소리처럼 사라지고
종소리는 새롭게 들려오지요

우리에게 또다시 허락된
새 아침
삼백육십오일
십자가를 가슴에 안고
새롭게 시작된다는 것
하나님의 뜻 하나님의 사랑이지요

영성의 아침

새벽에 눈을 뜨면 손을 모은다
어제의 삶을 축복해주신 하나님
빛나는 하루 역사
빛나는 만남
빛나는 대화
손을 모으고 오늘의 기도를 드린다.

모두에게 신뢰받는 사람
덕을 주는 대인관계
직장의 총수에게는 능력 있는 부하로
자녀들에게는 의지할 수 있는 어버이로
주님에게는
행동하는 믿음의 종으로
바로 서게 해 주소서
기도로 영성의 아침을 시작한다.

깨 심은데 깨 나고

등산로 길가
수북하게 쌓아놓은 들깨더미
수확을 마친 몸이 빈 몸이다.

땅속의 진액 모아
고소한 깨 기름 만든 빈 깨 자루
몇 가지를 집어 들고
주말농장 밭이랑에 툭툭 털어놓고
흙 한 삽 나눠주었을 뿐인데

겨울 지나고
흙바람 부는 이른 봄
오소소 돋아 오른 들깻잎

고녀석들 귀여워
이랑 북돋우어 주고
비료 한 줌 뿌려 준 것이 전부

한여름 되었을 때 밭이랑을 덮고도
내 키만 하게 자란 들깨나무

깨 심은데 깨 나고
땀방울 심은데 땀의 결실 자라듯
이 가을에 참새들 양식 만들었다.

썰물과 밀물

바닷가에 서면
채움과 비움을 배운다.

썰물로 들어난 바닷가의 민낯과
밀물로 채워진 바다
그 넉넉함이 아버지 계시던 고향집 같다.

늘 채움과 비움이 반복되는데
마음에 키운 욕심은
늘 빈 곳간을 걱정한다.

넉넉하게 내어주던 바다를 곁에 두고도
하늘에 예비한 곳간도 아닌
마음의 곳간 하나
충만하게 지키지 못하고 있으니
가끔 바람이 실어다 주는
산들바람도 욕심을 내서는 안 되겠다.

남강의 유등놀이

진주남강 그믐 밤
미리내를 남강에 새긴다.

종교를 초월하여
강물위에 소원의 등 띄우는
유등놀이

회사와 아직도 어리게만 뵈는 자식들
손자손녀들
내 친가 가족들
안부와 안녕을 비는 소원의 등
한 개 흐르는 물에 띄운다.

간절한 기도
내가 살아가는 날
우리 가족이 살아가는 하늘
안녕과 무사를 비는 기도
별빛이 감응한다.

회상

내 나이 칠십
그림자를 보아도 흔적이 없고
불어오는 바람자락
온몸으로 막아 서 보았지만
세월은 비껴가지 않았다.
한량으로 살았다.

재물과 여자
삶에 자유로울 수 없는 주제
굳건히 내게 남겨진 아이들
하나님께 약속했듯
든든한 바람지기로 살았다.

돌아보면 한스러운 일
가슴에 남은 미움도
이제 사랑으로 남겨놓고 싶다.

그늘은 언제나 빈곳이 시원하고
빈자리는 언제인가 채워질 수 있는
여유가 있기 때문.

회상의 회색빛이
아름답게 기억되길 기도한다.

마음의 메모장

인생의 삶
거미줄처럼
얽히고 설키고 어느 틈에선가
잊고 또 새로움을 기억한다.

보이지 않아 사랑을 못 받았나
마음속에 그린
나 혼자만의 그림
이제는 지우고 다시 그릴 여유가 있다.

제 2 부
섬으로 가는 길

하루 밤과 낮

하루 밤과 낮
그 속에 내가 시간을 쪼개고
나누고 그 위에 앉아 사유思惟한다.

희로애락과 혼돈의 질서 속에
우두커니 내게 주어진 시간 바라보는 이가 있고
급해서 허둥거리는 이도 있다.

시간의 분침分針 위에
오늘도 달려가는 군상들
그렇게 젊음이 가고
늙음이 찾아와
기우뚱거리며 뚝딱거리며 간다.

시간의 흐름 속으로
기억의 흐름 속으로.

폭포

방송으로 세계의 폭포구경을 했다
떨어지며 부서지는 포말
가슴 답답하게 살아온 민초들에게는
시원보나 뻥 뚫리는 개운함이 좋다.

거대한 자연의 힘 앞에
초라해지는 인간의 모습
그래도 오늘이 있으니 즐기는 것을.

눈을 들어 다시 보니
원시림에서 쏟아지는 폭포의 하모니
저녁 은하수 밤하늘 빛나는 그늘아래
한편 오페라가 따로 없으리
한 방울 한 방울의 포말이 그리는 음표
거대한 교향악을 듣는 사람들

영상 속에 취해 폭포를 건너는
늠름한 갈매기 한 마리가 부럽다.

전복의 고장 완도

칠순을 넘기고 고향처럼 찾는 완도
육순을 넘기고는 맡겨진 일
놀이처럼 생각하고
하루의 일과 소풍처럼 생각했더니
모든 것이 즐겁고 행복하고.

여름휴가 어디로 가시나요?
인생길 늘 휴가라고 생각하며 산다고 해도
휴가를 묻네.

칠순을 넘겨 고향을 찾는 완도
육지에선 누에가 뽕잎을 먹듯
바다 속 접시꽃 전복은
다시마를 밥처럼 먹는 완도 앞바다

태어난 곳은 다른 바닷가 마을
파도소리가 어머니자장가처럼 고요한 완도
바닷가 서서 발만 담그어도
평안하다.

선물膳物

나누는 기쁨은 종교를 초월해서
마음의 가교를 잇는 사잇돌이다.

지방 출장을 갈 때나
휴가지에서
문득 생각나 사 모으는 향토 특산물

나이가 들어 곁에 친구들
얼굴 그리며
넉넉한 마음으로
포장지를 여미다보면
내가 나눌 수 있다는 여유가 감사하다.

휴가지에서는
마음만 동동거리다
떠나오지 못하는 세속의 얼굴들
파도소리 담긴 굴 한 봉지
바람소리 스민 김 한 톳이 정이다.

듣고 보지 않아도
즐거운 내 마음 때문에
이 땅에 주어진 생명의 나날
기쁨을 만들어 나간다.

내 고향 군산 나포리

눈을 감고도 찾아갈 수 있는 고향
언덕과 마을 앞 개천과 골목길
친구들 모두
할아버지 흉내를 내는
마을 언덕에 서면
어머니 금방이라도 부를 것처럼
저녁연기 솟아나는 마을구비길.

휴가철이면 들러
집터 돌아보고
친정집 방문하는 딸처럼
기웃기웃 돌아보아도
우리 키워주던 어른들 흔적
바람소리로만 남았네.

발자국이라도 돌아볼까
골목길 돌아
마을 앞에 다시 서도
그림자처럼 사라지는 옛 기억들

꿈속의 아련한 그림자
다시 찾아왔어도
기다려주지 않는 세월
그래도 고향의 말소리만 들어도
가슴이 뛴다.

군산 가는 길

해질녘 고향을 떠나는 열차
낙조를 끌고 저만치 따라온다.

서울 올 때 새벽길
옹기종기 새벽닭도 홰치기 전
대문을 열고 나왔지.

부르면 대답할 것만 같은 언덕
지금은 아파트촌으로 바뀐 소나무 언덕
뱃고동소리에 들던 숲가에
원양선의 고동소리가 높다.

─이게 누구야. 용케 찾아왔다.
다시 만나도 반가운 이웃사람들
얼굴과 표정이 달라도
함께 자라던 사람들
고향이 어디요 물으면
─내 고향 군산이라.
말을 안 해도 기쁘고 반갑다.

잠실서민아파트

아이들 낳아 기르고
잔뼈 영글어 정을 가지고 살던 동네

유카립투스, 은행나무 우거져
봄이면 벚꽃 동산
밤하늘 꽃불이 환하고
가을이면 은행과 산수유, 꽃배가 주렁주렁

좁고 낡은 아파트이지만
정 나누며
아웅다웅 이웃을 알며 살던 동네

친구가 있고
이웃이 있고 고향을 그리며
아픔과 상처의 깊이까지도 알던 동네

이제 까치도 떠나고
고층아파트에 매달린 경광등이
번쩍이며 밤하늘 지키고 있다.

하늘로 보낸 편지

어린 시절 나를 업어 키운 고모님
그 철부지가 고희를 넘겨
고모님을 업을 때
어머니의 향기
오랜 만에 만나는 그리움이었네.

고모부를 잃고
날마다 하늘에 부치는 편지
우체통에 넣던 고모님
'하늘나라 우체통'
방송에도 소개되어 남편에 대한 사랑
모두가 알게 된 고모님

어머니 닮은 그 곱던 얼굴
이제 세월의 주름
어찌 펴 드릴 수 있을까

이 세상 인연 다해
소풍처럼 떠나갈 때
수고하신 은혜
무지개 꽃다리라도 놓아드릴까.

고희古稀잔치

어머니, 그립습니다
고모의 품에 안겨 어머니를 찾던 아들
이제 고희를 맞았습니다.

돌아보면 회한이 앞서고
형제들 살피면
육친의 정 아슴한데
어머니의 기억 점점 사라짐을 느낍니다.

그 힘들고 어렵던 시절
우리 형제들
가슴으로 안아주시던 손길
나이가 들어 고희가 되어보니
부모마음 알게 되었습니다.

어머니 닮은 손녀딸
손길도 고운 아이들 보며
어머니의 곱던 손등
생각합니다.

손자손녀들의 선물
딸들과 사위들의 훌륭한 모습
아버지가 보셨더라면
어머니가 오시어 보셨더라면
얼마나 장하다 하셨을까
가슴 시리게
일흔 번째 생일 아침을 맞습니다.

(2017년 정월 아침에)

수저 하나의 나눔

동창들이나 지인 만나는 자리
'―그 친구 부를까?
수저 하나만 더 놓으면 되는데.'

대화가 필요하고
만남이 정겨운 자리.

'그 친구 갔다네. 참 열심히 살던 친구인데.'
'그 친구 요양원에 있다나봐.'
'―아 그 애 풍 맞아서 자리보전 한다네.'

일그러진 우리 삶이지만
온전하지 못한 육신이지만
동창이나 지인들
내가 안부를 전할 때 가슴으로 우는 소리
듣는다.

'우리 수저 하나 더 놓지?'
지금 우리 시대에 필요한 주문이다.

섬으로 가는 길

올망졸망 남해의 작은 섬
그 섬을 건너뛰는 징검돌처럼
무지개다리 놓이고
섬의 끝자락을 안고 논다.

파도는 무엇이 안쓰러워 달려와
섬의 옆구리를 쓰다듬고
초병처럼 달려드는 갈매기들
누구냐 안부를 묻네.

선유도 가는 길이나
산천포대교를 건너는 유채꽃길이나
진도대교나
바다를 건너뛰는 징검돌 다리

저 다리가 놓이기 전에
작은 목선을 저으며
통발을 건져 올리고
낚시를 하던 기억 주름진 얼굴에는
추억이 된 고향의 섬마을이 그냥 남아 있다.

감나무

사람의 환갑나이를 산다는 감나무

열매를 맺을 때마다 속을 비워
나이 환갑이 되면
속은 텅 비어
가지는 부러지고 썩기 시작한다지.

사람처럼 골수를 녹이며
자식을 기르고
삶의 현장에서 고혈을 짜내는
어쩌면 그리 닮았을까
감나무의 삶

달디 단 홍시 속에도
나무의 사랑
담겨있다는 사실 몇 이나 느낄까.

사람人

한자풀이 대로라면
둘이서 기대 선 모습
혼자 살 수가 없다는 표의문자表意文字.

현대생활에서 공동체생활
예부터도 중시해왔던 삶의 방식

상부상조 상호부조
품앗이와 사랑으로 보살피는 나눔
하나님 주신 은혜이다.

고물장수

출퇴근길에 만나는 고물장수
가끔 곁을 지나면서도
무심히 지나던 사이.

40여년을 이웃에 살던
고향 후배였어.
나이보다 늙고 차림이 허술해서
정말 몰라보겠더라고.

상대는 나를 알면서도
모른 체하였고
나는 그를 모른 채
열심히 사는 노인이려니
주변에서 흔히 보는 군상으로 생각했지.

이삿짐을 옮기다
버릴 물건 옮기려는데
'버릴 것이면 저 주면 안 돼요?'
간절한 눈빛 바라보다 문득 생각난 그 사람.

남편 죽고
아이 형제 잘 길러 대학까지 기른 억척 후배
'너로구나! 너로구나!'
철재상자와 공구류를 리어카에 실어주며
애틋한 마음 기억하는데
'이 동네로 이사 오신 모양이네요.'
그 말에 무너지는 가슴

난 그를 모른 체하고
그는 나를 알면서도 지나쳤을 그 시간
내 교만의 발자국
뒤를 따르는 그림자를 보고
마음으로 욕을 했을까?

그 때

나포에서 군산까지 사십 리길
어디서부터 어디까지
16km인지

군산을 왕래하는 교통수단 이래야
하루 두 번 왔다갔다
거북이 같은 버스인데
그리고는 우마차
면서기 할아버지 녹슨 자전거
이러한 것들이 유일한 교통수단.

자갈밭 버스 지나고
해일처럼 일기 시작하는 황토먼지
몇 시라는 걸 짐작하여 들에 새참 냈지요.

몸을 틀며 인 새참
정자나무 아래 겨우 허리를 펴보니
강물은 서해바다로 말없이 흐르고.

동전 몇 잎 아끼려고 사십 리길

걸어갔다가 걸어 와

정자나무 아래 땀을 식힐 때

새들은 한가롭게 노래 부르던

그때.

(군산신문 게재)

팽목항의 갯바람

얼마나 바닷바람 시렸으면
오는 사람마다 울고 갔을까?

얼마나 서러웠으면
먹먹한 가슴 부여잡고 바다를 원망했을까?

촛불 든 광화문 광장에서
그 열기만큼 뜨거웠던 함성
진실이 무엇이든
세월호의 참극 예고된 비극이었던가?

제주와 인천을 오가는 여객선
탐욕이 부른 사고
해운사의 책임은 없고
대통령의 책임만을 외치던 소리
무엇이 진실이든
우리들의 이웃이 꽃 같은 아이들이
바닷물에 녹아
뻘흙으로 돌아왔다.

오늘도 서러움의 바람 부는 팽목항
빨강 이정표위에 노랑 사랑의 기억 표식
그 기억 잊지 않기 위해
다시 찾았다.

안전 또 안전
누가 누구를 탓하랴
지금 똑 같은 사고가 나도
똑같은 피해 예상되는 현실
가슴 안으로 서러움의 바람을 들이키며 운다

그래 역사이지
그래 우리 고달픈 역사이지
하지만 잊지 말자.
너무도 슬프고
기억 저편의 아이들의 모습 간절하니.

해남 땅끝 마을

국토의 끝 해남 땅끝 마을
남쪽으로 향한 국토의 끝
왠지 아쉬움에 바람도 옹송거리고 운다.

가끔 이 자리에 서면
월남 전쟁에서 고지를 두고 싸우던 기억
우리 선배들이 백마고지를 두고 싸우던 무용담
땅이 무엇인가

단 한 평의 땅
고지를 포함한 들녘의 평야
그 한 자락을 지키고 빼앗기 위해
육신이 포탄에 잘려나가며
지켰던 무용담.

땅끝 마을에 가면
전쟁터에서 살아온 작은 육신의 존재
왠지 크게만 보인다.

암사 선사유적지에서

반만년 전의 삶의 현장
암사 선사유적지.

지근거리에 살면서도
반만년 전 우리 조상의 웅거형태
이제야 목도하네.

돌도끼와 조개무지
수렵시대에서 영농정착기를 지나
이제 고도 산업사회의 그늘에서
돌화살, 돌도끼 빗살무늬 항아리
몽고반점
한민족의 뿌리
이제야 실감을 하네.

영월의 섭다리

소나무 가지를 얼기설기
긴 모래톱 위에
소나무 발을 세우고
그 위에 가지를 엮어 만든 섭다리

강 건너 김 씨가
강 너머 이 씨가 오가며
농사를 짓고
밤에는 너구리 오소리 오가는 섭다리

영월에 가면
해마다 짓는 나무다리 섭다리가 있다.

제3부
들꽃처럼 살아온 세월

들꽃

이름 없는 야생화라고 해도
이름이 있고
향기가 있다.

무엇이든 존재의 이유는 있고
인간의 삶과 같이
젊음과 늙음 생사의 자유가 있다.

가진 것 그대로 보여주고
생산자가 없이도
스스로 피고 열매 맺고
자손을 가꾼다.

바람 잘날 없는 산
풍경소리가
들꽃의 향기를 갈무리한다.

평창의 계곡

동계올림픽 개최지 평창
감자바위 산이랑 일구던 산지마다
기후 온화하고 곡식 잘 자란다는 곳

여름 계곡에 비가 든다.
주면 주는 대로 받아 안는 것이 아니라
다시 돌려주는 여름 장마 빗물
남의 것 탐하지 않고
내 것 나눠주는 것을 미덕으로 알던 인심처럼
안기지도 않는다.

그래서 빗물조차도 담기지 않고
거침없이 흐른다.

평창의 하늘이 파랗다
고속철이 뚫리고
세계인이 찾아보면
감자바위 인심 얼마나 변할까

불퇴전의 부대 맹호

아느냐? 그 이름 맹호
돌격전의 선봉으로
세계 전투 사에 살아있는 전설이 된 부대.

불퇴전不退轉의 용기와
싸워서 이겨야 한다는 의지로
한국 전쟁 때는 기계지구 전투에서
인민군 2개 사단을 격파擊破한 부대였다.

세계평화를 위해 우리나라 최초
전투사단으로 월남에 파병派兵되었던 부대
한 시절 맹호의 이름으로
전장의 한 경계선에서
'한 번 맹호면 영원한 맹호다!'
두 눈 부릅뜨고 지켜낸 전선
자랑스러운 산하.

나 반백의 노병老兵이 되었지만
맹호의 정신은
돌격전의 선봉에 설만치 녹슬지 않았다.

(2014 현충원 시화전 게시작품)

채근담 菜根譚

명나라 때의 철학자로
사천성에 태어난 홍은명이 지은 철학책
동양의 잠언집,

경구풍의 단문 350여조
격언일까 훈문일까
버릴 말씀이 없는 격언
환초도인 홍은명이 지은 책

한문 좀 하시던 할아버지
늘 익어주시던 훈육말씀
'—채근담에 이런 말씀이 있단다.'
귀 아프게 들었던 경구.
방송에서도 아침마다 '오늘의 명상'
읽어주던 경구였지.

누가 잘못한 일 보게 되면
'할아버지가 이야기 했지. 채근담의 말씀!'
사람 사는 도리

공자님의 인본말씀이 아니라도
사람 가르치는 말씀
생각하는 인간이라 사유의 바다 무얼 망설이랴.

하나님의 말씀에 이어
처세가 잘못되어 삶 그르친
동양 사람들에게
바른 삶을 가르친 교훈서.

경계

하늘과 바다의 경계
선이 있다.

언제나 중간쯤인 경계
산에 올라서 봐도
바닷가 등대 앞에서 봐도
중간쯤인 경계境界

누가 정해주지도 않았는데
누가 보아도
중간쯤인 경계

수평선 끝에 선線이 있다.
마음에도 있을 모를 경계

(2017 바다시화전 참가작품)

보훈병원에서

아직도 끝나지 않은 전쟁의 상흔傷痕
60여 년 전 한국전쟁의 상처입고
아직도 병상에서 삶의 경계 넘나드는 상이용사들

월남전이 끝났음에도
전쟁의 트라우마에 갇혀
고통 속에 환청에 시달리며 사는 전우들
가끔 건강진단과 약을 처방 받으러 가면서
아직도 병상 떠나지 못하는 전우
그 가엾은 모습
김 서린 창가에서 지켜본다.

누구에게나 주어진 삶의 시간
그들의 희생을 잊지 않는
후손된 사람들의 기억과 보살핌
그것이야말로 오늘 우리의 자세가 아닐는지.

고엽제 피해 전우들

땅굴을 파고 출몰하는 베트콩
수색에 방해가 돼
미군이 발명한 고엽제
비행기로 뿌리고 니면
나뭇잎들 시들시들 말라죽지.

'고엽제 노란 가루'
수색작전이나 경계근무시
모기나 벌레가 물지 않는다며
독성도 모르고 몸에 바르던 기억

그 후유증 20년 30년 지나서야
아들과 딸 장애로 태어나고
본인은 각종 피부병에 파킨슨병까지

이제 유명 달리한 전우들이나
병상에서 고통 받는 어제의 전사들.
보훈병원에 가면
그날의 아픔이 다시 살아난다.

남십자성南十字星

월남의 하늘에서 볼 수 있는 남십자성
오늘도 동료의 안위와
고국의 가족위해 손을 모은다.

하루에도 몇 차례 치고받는 전투
내가 죽이지 않으면
내가 죽어야 하는 전쟁터.

풀벌레와 독충에 물리면서도
정글 숲 헤쳐 나가며
수색과 전투
생존게임 바둑판의 말이 된다.

언제나 새벽녘 하늘 지켜주던
남십자성의 하얀 별빛
나를 위한 다짐
나를 위한 기도의 대상이었다.

남십자성의 별빛

고향하늘 등지고 떠나온 이국異國땅
열대우림 욱어진 숲 사이, 사이
참호에서 엄폐물 뒤에서
매복埋伏하여 숨죽이던 그때의 전우들.
바로 대지를 휩쓰는 바람이었고
매였고, 사자였고,
포효하는 태산 같은 호랑이었다.

경계근무 철저히
두 눈 부릅뜨고 사주경계 한 걸음 한 걸음
적의 간담 써늘하게 만들던 수많은 작전의 신화들
우리가 쓰고 우리가 기록을 남겼지.

살육이 스스럼없이 이뤄지는 전쟁터
그러나 우리에겐 의지하는 게 있었어.
남십자성南十字星
그 별빛이 하나님이요
어머니요 아버지였어.

귀신도 잡는다는 맹호
전투부대의 신화를 쓴 자랑스러운 부대 사
우리역사이래 처음으로 전투부대戰鬪部隊가
이웃나라 자유평화위해 피 흘려 싸웠던 거지.

맹호의 전통 이어받아
수도방위首都防衛의 책무 전담하는 우리 후배들
조국을 지키는 방패요 창이다.

휴전선 155마일

올해는 한국전쟁 발발 65주년
전쟁의 핏빛 회오리바람은
다시 불어오고 있습니다.

호시탐탐 남침의 기회를 엿보며
전 국토 요새화와 무기현대화를 이룩한
북한의 핵실험과 미사일 발사 등 무력시위에
극동아시아의 운명은 바람 앞에 촛불입니다.

현대전은 전후방 전선이 따로 없고
내가 선 자리가 곧 전쟁터.
죽기를 마다하고 싸워 이겨야
지킬 수 있는 삶의 터전이기에
한마음 뭉쳐야 이겨낼 수 있습니다.

남북이 헤어져 반목하며 살아온 지 60여년
휴전선 155마일은 더 이상 분단의 상징이 아닙니다.
세계 9위의 경제력을 가진
막강한 국력의 힘으로

전쟁 없는 평화적 통일을 이뤄야 합니다.

다시는 이산가족離散家族이 생겨나지 않고
한겨레 서로 피 흘려 싸우는 일 없이
공생공존共生共存 번영의 탑 쌓아야 합니다.
삼천리금수강산, 백두에서 한라까지
우리함께 통일을 위해 달려갑시다.

(2014진해 해군기지 시화전 작품)

전투

전투에서는 사람을 살리는 일보다
죽이는 일은 쉽다.
사상과 이념과 다르다고
정치소요에 아무런 관계없는 무고한 인명
함부로 제거할 수는 없지.

전쟁터에서는
명령과 시행만 있을 뿐
사랑과 자비는
내가 목숨을 포기했을 때만 가능한 일
베트남 전투에서 우리는 알았다.

포연 자욱한 숲과 늪지대에서
지독한 독충에 물리다보면
이성도 마비되고
인간성마저 잃게 될 때가 있지.

누군가 남아서 지킬 고향
내가 아니라 살아남은 자

누가 여기서 원죄를 범하고 갔는지
하늘을 보고 소리치겠지.

구름가고 하늘은 새날
전쟁의 구름은 오늘도 여기저기 휩쓸리며
독충을 닮아가는
인간머리 위를 나르고 있다.

복음서를 읽는 기쁨

내 마음의 지혜를 갖게 한 복음서

삶의 거친 언덕에 오를 때마다
가시밭길 걸어가신 주님
그 고난의 역사
나의 의식 깨우는 자명종이었지.

요한복음과 마태복음
누가와 마가복음
시편 한 귀절을 가지고도
사유의 그늘에서 울던 하루

그래도 기도의 은혜
내 안에 넘쳐
빛으로 길을 열어 주셨다.

낙타의 바늘구멍 통과하기

성서속의 말씀
'ㅡ욕심이 크면 천국에 이르지 못하리니'

언제나 그늘진 뒤편을 돌아보고
언제나 축복의 그림자 뒤를
총총 살펴보고

촛불 환한 등잔 밑도
어둠의 명암 크다는 진실

주님이 역사하시기에
종이 걷는 길은
환하고 찬양소리 은혜롭다.

목련화

봄과 겨울이 엇갈리는
여명의 공간을 채우려는 듯
흔적도 남기지 않으려는 잔서리

임이 오시면 보여드리고 싶어
겨울속에 가렸던 뽀얀 속살을
살며시 가리며 가지마다
새 옷으로 갈아 입으려 합니다.

수줍게 미소지으며
하이얀 면사포를 쓰고
임을 기다리는 듯한 목련화

가슴과 가슴으로 이어지는
너와의 사랑
목련화처럼 순결하고 아름답게
마음깊이 목련화로 남으려 합니다.

십자가의 불빛

어둠속에 빛나는
십자가의 불빛 보면 평안을 얻는다.

밤이슬 내리는 이슥한 퇴근길
종소리가 없어도
불빛이 전해오는 느낌이 따스하다.

지방 출장길에 만나는
골목길위의 십자가도
새벽안개 속에 빛나는 십자가의 불빛은
밥상 차려놓고 기다리는
고운 아내의 미소처럼 반갑다.

날마다 주님의 은혜 속에 살면서
날마다 영성의 은혜 누리면서
빛을 보며 감사하는 나날

오늘의 기쁨이
오늘의 축복이
빛으로 남는다.

애국심

베트남 정글에서 수색작전搜索作戰에 나설 때
생生과 사死 단 한순간의 결단으로
삶이 갈리는 전쟁 터.

조국의 부름 받아
이국異國땅의 평화와 안전위해
달려간 전쟁터.

목표가 있기에 싸웠고
이념理念이 분명했기에 명분 있는 전투에
홀연히 떨쳐나섰다.

적탄에 쓰러지는 전우戰友를 보며
적을 죽이지 않으면
내가 죽을 수 있다는 비장한 결의
전장에는 전후방前後方이 없다는 사실
비로소 깨달았다.

맹호부대猛虎部隊의 일원으로

사선을 지키던 전우들
지금은 어느 하늘아래 살고 있는지
포연砲煙 가득한 베트남을 떠나올 때
우리가 지킨 전쟁의 명분
잊혀 지지 않길 기도했었다.

(2015 진해해군기지 시화전 작품)

진혼鎮魂의 나팔소리

하늘 높이 울려 퍼지는 나팔소리
누구를 위한 진혼곡인가

그대들 누워있는 이 성전에
향불 한줌 연기로 올리며
각기 다른 전장에서
싸우던 그대들 모습을 추억합니다.

착검着劍한 소총 한 자루 수류탄手榴彈 한발 까들고
전진을 향해 돌진하던 우리의 선배들

공비共匪들과 싸우다 순직한 전투경찰과
해상분계선을 넘나드는
북한 경비정警備艇의 도발에 맞서 싸운 해병용사들
베트남에서, 그리고 이름도 생소한 외국에서
유엔군의 일원으로 싸우다 순직한 장병들.

그대들의 용기와 피로 지킨 자유이기에
오늘의 조국은 이 성전을 정화하고
그대들 넋을 추모追慕하여 진혼곡鎮魂曲을 연주합니다.
편히 영민하소서!

(＊2013년도 호국보훈시화전참가작품)

연 주

달빛도 찬란해
별빛도 찬란해
은하수 조명 띄워 놓고

관악 소리 아름다워
무대는 고요뿐
풀잎들 열지어 서 있고

출연자는 누구일까?
끝내 나오지 않고,
그렇다고 가슴을 열고
미소 지려니 침묵일 뿐

불현듯 머얼리에서 맹꽁이
불현듯 머얼리에서 맹꽁이

오다가다 한 곡씩
부탁하는 연주일까?

두물머리에서

한강의 상류
남한강과 북한강이 만나는 지점
두 강물이 모여 하나를 이룬다
두물머리
용신의 어머니의 느티나무 언덕집은
사라지고 느티나무만 강물을 지킨다

물닭은 새끼를 낳아 대를 이어가고
홍련백련 연잎은 강물을
마당만큼 덮었을까

그 옛날 뗏목을 밀고오던 나룻터에
지금은 주모대신
팔랑개비들이 바람을 맞고
강기슭을 거슬러 오른 갈매기가
양평의 골짜기를 누빈다.

칠보 문갑 七寶 文匣

장식장의 명장이 만든 문갑
칠보장식이 현란하다.

물고기와 학
전통가옥을 조개껍질을 갈아 만든 풍경
장인의 솜씨가 눈부시다.

예인藝人의 경지 어데까지일까
저 조그만 조개껍질이
문갑을 장식하고
아름다운 풍경으로 살아나다니
집중력과 혼불을 사른 장인정신丈人精神
시대를 거슬러
조선의 하늘에 머물러 있다.

제 4 부
사랑의 기쁨(찬송가 가사)

하늘의 영광

1. 하늘의 영광 온누리에 찬송하는 이 밤에
   주님의 탄생 이 기쁜 날 손모아 찬양하라.
   온누리에 빛과 사랑이 축복하여 넘치고
   천사들의 찬송소리 아기 예수를 반기네.

후렴) 하늘의 영광 땅의 평화
   아기예수 탄생을 찬송하여 반기네.

2. 이 땅에 사랑 온누리에 찬송하는 이 밤에
   주님의 탄생 이 기쁜 날 손모아 찬양하라.
   우주만유 사랑의 빛 말구유에 흐르고
   동방박사 찬송소리 구세주를 맞이하네.

주여, 내 작은 소망은

주여, 내 작은 소망은 지은 죄를 사하고
주를 따라 나가게 하늘 문을 열어주소서
주여, 내 작은 바램은 이웃들과 더불어
주님 찬송을 부르며 함께 가게 하소서

내 주여 내영혼의 동반자 십자의 보혈로
우리의 고통 만유의 삶 혼자지고 가셨으니
그의 짐의 무게를 우리 함께 지게 해
생사의 고통 번뇌의 숲 함께 건너게 하소서

후렴) 주여, 주여, 이 작은 소망 은혜에
　　　사망의 고통 두려움 잊게 하여 주소서.

주여 내 작은 소망은

이병우 작사
장복례 작곡

주 여 내작은소망은 지은죄를 사 하 고
주 여 영혼의동반자 십자의 — 보 혈 로

주 — — 를 — 따 라 — 나가게 하늘문을 열어주소서
우 리 의 고 통 만유의삶 — — 혼 자 지 고 가셨으 — 니

주 여 내작은바람은 이 웃 들 과 더 불 어
그 의 짐 — 의무게를 우 리 함 께 지 게 해

주 — 님 찬송을부르며 함 께 가 게 하 소 서
생 사 의 고통번뇌의숲 함 께 건 너 게 하 소 서

주 여 주 여 주 여 —
주 여 주 여 주 여 —

주여, 죄를 사해 주소서

1. 흙을 빚어 태어난 몸 흙속에서 뒹굴며
   세상사의 온갖 사유 어울려서 살면서
   지은 죄는 태산 같고 행동 또한 부끄러워
   주님 앞에 나설 때에 어찌할까 눈물로
   속죄하고 뉘우쳐도 씻을 길이 없어라.

후렴) 주여, 내 주여 내님이여
      나의 죄를 씻으려니 가슴열고
      이 죄인을 속죄하여 주소서. 아멘!

2. 흙에서 난 이한 몸이 세상에서 자라나
   세상사의 온갖 오욕 범행하고 앞장서
   지은 죄는 하늘같고 말도 또한 유달라서
   주님 앞에 나서기가 부끄러워 눈물로
   엎드려서 통성기도 끝이 없어 울었네.

나의 기도

주님 나의 기도를 들어주소서
오늘 하루 이웃에게 피해주지 않게 하시고
나와 나의 권속과 나의 동료들의 안전을 지켜주시고
내가 몸담고 있는 회사와 모든 일들이
원만하게 이뤄지고 어둠 내릴 때
주님 찬송 함께 할 수 있도록
주님, 은혜하여 주소서.

주님을 섬기리

내 영혼의 주재자인 주님을 섬기리
내 언제 어니서나 내 마음에 모시고
내 영혼의 아버지로 은혜하며 살겠네.

주님의 사랑 보살핌이 나를 지켜주시고
나의 소망 갈 길을 환히 밝혀주시네.

알레루야 알레루야. 하늘에 핀 영광이어
이 땅에 은혜하신 그 이름을 거룩하게
나의 능력 다하여 주님 함께 섬기리.

후렴) 알레루야 알레루야 하늘에 핀 영광이어
　　　이 땅에 은혜하신 그 이름을 거룩하게
　　　나의 능력 다하여 주님 함께 섬기리.

우리 예수님

말구유에 태어나신 우리 예수님
십자가에 보혈로 우리 구하고
부활의 기쁨 증거하신 우리 예수님
사랑해요 고마워요 우리 예수님.
우리 모두 예수님을 정말 사랑 해.

하나님의 아들로 태어나시어
우리 위해 십자가를 지고 가셨죠
서로사랑 하라시던 우리 예수님
고마워요 사랑해요 우리 예수님
우리들은 예수님을 정말 사랑해.

주님 위해 살면

우리 모두 주님 위해 회개하며 살면은
세상의 기쁨 모든 영광 우리 함께 얻겠네.
주안에 섬기고 나갈 재
두려움은 사라지고
용기와 지혜 충만해 하루의 역사 주인공
내 손으로
그 일을 역사하여 맞겠네.

주님을 위해 살면은 주께 나로 하여금
세상의 영광 그 기쁨 역사하게 하시네.

후렴) 주님을 위해 살면은 주께 나로 하여금
      세상의 영광 그 기쁨 역사하게 하시네.

주님의 은혜로

나 항상 기쁘고 행복한 마음 안에
언제나 주께서 임하여 계셨네.
사랑의 느낌 그대로
기쁨에 느낌 그대로
이 세상의 빛과 사랑이
나에게로 은혜하여 오시네.

나 항상 기쁘고 즐거운 마음 안에
언제나 주님이 내 곁을 지키셨네
따뜻한 느낌 그대로
사랑의 느낌 그대로
온누리의 빛과 사랑이
너에게로 은혜하여 가시네.

찬양하여라

찬양하여라 찬양하여라
주님의 은혜를 찬양하여라
십자가 보혈로 새 생명 얻으니
주님의 은총 넘쳐나시니
용서와 사랑 함께 나누고
용기와 신뢰 함께 다지자.

경배하여라 경배하여라
주님의 사랑을 경배하여라
주님의 보혈로 지켜온 새 생명
온누리 햇살 고루 퍼지듯
용서와 사랑 함께 나누고
용기와 신뢰 함께 다지자.

찬양하여라

이병우 작사
장복례 작곡

찬 양 하 여 라　　찬 양 하 여 라　　주 님 의 은 혜 를 찬 양 하 여 라
경 배 하 여 라　　경 배 하 여 라　　주 님 의 사 랑 을 경 배 하 여 라

십 자 가 보 혈 로　　새 생 명 얻 으 니　　주 님 의 은 － 총　넘 쳐 나 도 다
주 님 의 보 혈 로　　지 켜 온 새 생 명　　온 누 리 햇 － 살　고 루 퍼 지 듯

용 서 와　　사 － 랑　　함 께　　나 누 고
용 서 와　　사 － 랑　　함 께　　나 누 고

용 기 와 신 － 뢰　함 께 다 지 자
용 기 와 신 － 뢰　함 께 다 지 자

황야를 헤매는 어린 양

별빛이 스러지는 황야의 언덕에서
풀벌레 울음소리 목자의 기도소리
어린 양 무서움에 우는 이 한 밤에
빛내림 따사로움이 무서움 잊게하네
주님의 사랑으로 황야의 풀밭에도
온유한 사랑의 향 넘쳐서 흘러가네.

아아, 사랑으로
아아, 기쁨으로
목자들과 어린양이 축복 속에 꿈을 꾸네.

황야를 헤매는 어린 양

이병우 작사
장복례 작곡

♩ = 96

별 빛 이 스러지 – 는 황 야 의 언 덕 에 서

풀 벌 레 울음소 – 리 목 자 의 기 도 소 – 리

어 린 양 무서움 – 에 우 는 이 한 밤

빛 내 림 따사로움이 무 서 움 잊 게 하 – 네

주 님 의 사랑으 – 로 황 야 의 풀 밭 에 – 도

온 유 한 사랑의 – 향 넘 쳐 서 흘 러 가 – 네

주님의 품안에 靈別歌

주의 이름 주의 품 간절하여 원하니
천상의 기쁨 영광을 안아주게 하소서
주의 아들 주의 딸 찬송하며 갈재에
사망의 고통 괴로움 잊게 하여 주소서.

하늘에 계신 아버지 그 이름도 거룩해
우리들의 구원찬송 들어주시옵소서.

님이 계신 천상에 찬양하며 갈 때에
천사들의 호위로 길을 알게 하소서
주의 이름 부르며 사망의 길 갈재에
두려운 맘 잊게 해 안심하게 하소서.

주님의 품 안에

이병우 작사
장복례 작곡

주 의 이 름 주 의 품   간 절 하 여 원 하 니
님 이 계 신 천 상 에   찬 양 하 며 갈 때 에

천 상 의 기 쁨 영 광 을   안 아 주 게 하 소 서
천 사 - 들 의 호 위 로   길 을 알 게 하 소 서

주 의 아 - 들 주 의 딸   찬 송 하 며 갈 때 에
주 의 이 - 름 부 르 며   사 망 의 길 갈 때 에

사 망 의 고 통 과 로 움   잊 게 하 여 주 소 서
두 려 - 운 맘 잊 게 해   안 심 하 게 하 소 서

하 늘 에 계 신 아 버 지   그 이 름 도 거 룩 해

우 리 들 의 구 원 찬 - 송   들 어 주 시 옵 소 서

나 항상 기뻐서

알렐루야 알렐루야 나 항상 기뻐서
주님의 찬송 부르며 주께로 나아갑니다
이 세상 고통 나눠지고서
주님의 사랑 다같이
은혜하는 이 성전에
넘치는 사랑 다 같이 축복하며 나누네.

너와 나의 경계도
남과 나의 경계도
주님의 사랑 그 앞에 벽이 없는 평온의 바다
주님의 사랑 다같이
은혜하는 이 성전에
넘치는 사랑 다 같이 축복하며 나누네.

내 영혼의 구세주

나의 영혼 나의 지성
관장하시는 우리 님
주의 기쁨 주의 영광
나로 하여 빛나네.

내 이 작은 능력으로
세상의 어둠 지우고
역사하는 나의 지혜
꿈을 갖게 하소서

내 영혼의 구세주
나를 은혜 하시는
사유의 바다 그 꿈이
이뤄지게 하소서. 아멘!

명성교회

내 마음의 뿌리가 자란 기도처

기쁠 때나
삶이 외롭고 힘이 들 때
든든한 버팀목으로
바로 서게 해 준 명성교회

빈부와 신분의 고하를 떠나
하나님의 은혜 함께 찬송하며
새벽기도와 주일 예배
함께하는 기쁨
그것이 행복이었네.

내게 주어진 건강과
내게 주어진 주님의 은총
자식들과 눈망울 초롱초롱한 손자 손녀들
영광의 손길 내 곁에 있었지.

성가대에서 찬송가 부르며
주님의 영광
온누리를 장엄하도록
나 하늘로 부르실 때까지
종으로 살겠네.

제5부
마음에 켜놓은 촛불

눈雪

눈빛 고요가 아름답다
모두에게 평등하고
진자리 마른자리 구분하지 않고
백설의 기쁨이 아름답다.

생멸의 슬픔이나 기쁨도
고요 속에
눈으로 평정한다.

크기만 한 하얀 여백
빛으로 만든 여유
시작이 있고 출발을 엿본다.

하늘이 만든 고요의 시간
눈길에 첫 발자국 만들 듯
시작하는 하늘의 발바닥이다.

청량리 재래시장

법무법인의 송무일을 맡기 전에
재개발 재건축 송사와 법무일을 도우면서
찾기 시작한 공사현장.

작은 다툼이나 큰 다툼이나
주장 듣다보면 사소한 일
민원 들어주는 그 작은 보람이
송사를 막고 반갑게 악수를 청할 때
비록 수임료는 받지 못하더라도
사람의 온정 느낀다.

그렇게 교류한 분들이 맡겨온 송사와
재건축 재개발의 법적 등기업무 등
인연이 참 큰 인연을 만든다는 사실 깨닫는다.

청량리 재래시장에서 만난 재개발 조합 총무님
치매 앓는 어머니 봉양하는 분
차 한 잔을 마시다가
마침 사놓았던 우족 상자를 건네니

눈물 글썽이며 손을 잡았다.
"그래도 효도할 어머니라도 계시잖아요."

정으로 만나는 사람들
그분이 조합을 맡은 아파트가 입주를 시작한다.

썩은 사과

출퇴근길 열차 갈아타는 지하도 한쪽
썩은 사과만을 파는 노파
마주하는 눈길 피할 수 없어
가끔 만원 한 장 내민다.

'ㅡ감사합니다. 고맙습니다.'
두 손 움켜잡고 눈물마저 글썽이는 그 노파
쪼그리고 앉은 채
얼마나 있었던 것일까?

비틀비틀 한참을 몸 비틀어 추슬러서야
몸을 펴는 고단한 모습.

술 한 잔 덜 마시면
일주일 몇 번은 사줄 수 있지만
받아든 사과
썩어 수저로 파내고 반쯤은 칼로 도려낸 상품
사람이 먹을 수 있는 상품은 아니다.

먹어야 하나 말아야 하나
덤으로 준 바나나 두 송이
머리 부분만 온전한 그 바나나 한입 입에 넣고
등나무 밑에 쏟아놓았다.

아침에 보니 고양이가 안고 있고
떠돌이 개가 그 과일 허겁지겁 먹고 있네.
삶은 돌고 도는 것
전생이 있다면 나는 무엇이었을까.

청계천의 사과나무

하얀 사과꽃 필 무렵
청계천을 걸으면
시큼하게 땀 전 어머니 향기

아기주먹만큼 과일 자라면
그냥 보기만 해도
튼실하게 자라던 아이들 바라보듯
아버지의 눈길 그리운데
누가 따버렸을까
잎도 푸른데

채 가을 오기도 전에
빈 나뭇가지.
아기 송아지 잃고 온 어미 소처럼
망연히 바라보다
물길 바라보다 돌아선다.

사랑의 기쁨

모두를 사랑하면
모두의 얼굴과 삶이 빛나고
모두를 은혜하면
자유와 행복감이 충만해온다.

그 작은 보물의 가치
우리 스스로 깨우쳐 알지 못하고
작은 일에 흥분하고
사소한 이해관계에 다툼이 살인으로
어쩌면 천상에서 기약된 삶이었던가?

내가 양보하고
내가 조금 더 손해를 본다는 마음
그 여유와 배려가
세상을 아름답게 바꾼다.

만산홍엽滿山紅葉

가을은 넉넉하고 풍지다.
뜨겁게 타오르는 산빛과 산노을
들녘에는 보기만 해도
가슴이 벅찬 풍요로움

이런 가을이 있어
인생의 노을이 아름답고
이런 풍요가 있기에
인생의 한 때는 자유롭다.

서설이 내린 아침
까치의 우는 소리도
만산홍엽滿山紅葉의 산녘을 지키고 있다.

주말농장

강남 금강선원 뒷자락
밭 한 도랑을 얻어 가꾸는 텃밭농사

주말마다 들러 흙을 파 엎고
상추, 열무, 배추모종을 숨기는데
게으른 주인 불쌍해 보였을까
산새들이 벌레를 잡고
비둘기들이 발자국을 내고
수확할 것이 없는 텃밭농사

본래 나눌 것이라
욕심은 내지 않지만
성근 모습 보지도 못하는 아쉬움
우리 인간사도 돌아보면
한 뼘 텃밭농사와 같은 것을.

주말농장·2

주인의 발걸음 듣고 자란다지?
밭고랑 논두렁에 심은 곡식들
며칠만 놔둬도 무릎높이로 자라는 풀
본래 잡풀은 아닐진대
주인이 좋아하는 곡식 내주려고
부지런히 키 재기를 했구나.

가뭄 끝에 내린 소나기
하늘이 깨져 다치는 줄 알았지.
그래도 다행이다.
네가 기다린 단비였구나.

삼일 만에 본 얼굴
들깨도 잎을 넉 장이나 피우고
상치도 한 뼘이나 자랐구나.
아욱도 성큼, 옥수수도 이제 아기를 업었구나.

날마다 지켜보지 않아도
너희들 스스로 크는 주말 농장
나는 잡풀만 뽑고
밭고랑을 누비면 되겠구나.

옥수수

곱슬머리 아기 업은 엄마들
텃밭언덕에 모여서서
누구를 기다리나?

해는 지고 어스름 내리는데
풀짐 어깨 높이 진
아버지는 논길을 따라
저만치 어둠을 짚고 온다.

나그네 쥐

함께 모여 사랑 나누며 살다가
아이들에게 마을 남겨주고
마을 만들어 사는 나그네 쥐

이사를 다니며 고향을 만들고
다시 고향을 만들어 가는
나그네 쥐.

가뭄이 들거나
흉작으로 먹이 적어지면
스스로 물에 뛰어들어 죽는 이타행 利他行
누가 그런 의식을 가르쳤을까

바람가면 푸른 하늘
역사는 시대를 살다 간 사람이 쓰는 생활기록
종교적 신앙심을 갖지 않고도
이타 행을 사는 삶
우리가 배워야 할 삶이다.

마음에 켜놓은 촛불

내가 가진 두 손
바람처럼 빈손이 아닙니다.

마음에 켜 놓은 촛불 두 개
신앙의 목표였고
삶을 향한 간절한 기도였습니다.

어머니와 헤어져
마음의 상처 컸던 아이들
내 분신으로 초롱초롱한 눈망울
내가 사는 의미였습니다.

비뚤어지지 않고
주님의 은혜 속에 자기 성찰하며
성장하여 어엿한 가정을 이룬 아이들

주님의 부름이 있을 때까지
하늘에 꽃불 켜놓고
이 풍진 세상에
내 마음의 촛불
바람에 흔들리지 않게 지키겠습니다.

늙은 닭

조류독감이 휩쓸고 지나간 섣달
3년을 산 암탉

사람들의 말 들어 알았나
살처분殺處分이라는 말.

마루 밑으로 숨고
외양간 여물간에도 숨고
오늘은 횃대에서 내려오지를 않네.

개울건너 닭농장 살처분 하는 날
뒤껼 창고에 숨겨주었지.
가만히 내게 안기는 그 놈
창고에 내려주자
나를 올려보더니 시래기 걸어놓은
시렁에 올라가 숨는 거야.

참 요물이네
어찌 사람들 말을 알아들었을까

작년에도 이렇게 숨겨 길러
병아리 두 배나 길러냈고
가을까지 달걀 얼마나 낳아 주었는고.

늙은 할미닭
꼬끼오! 소리 안내는 수탉이 아니라서 좋다.
들키면 어떡해?

결혼식 주례土禮

하나는 개체요
둘은 공동체이다.
함께 한다는 것은 질서가 필요하고
공동체 의식이 상존한다.

주례사에서 인용하는 말
골프를 즐기듯
18홀까지 함께하는 그런 만남으로
평생을 함께 하라.

줄곧 사양만 하다
맡게 된 후배와 자녀들의 결혼 주례
삶에 대한 빛나는 하루 만들라는 조언
빛이 되었나보다.

마음이 빛이 나고
두 아이들이 살아가는 모습
지켜보는 미소가 싱그럽다.

사회복지사의 방문

독거노인으로
고희 넘기고 나니
구청 사회복지사가 전화를 했다.

'―선생님, ○○일 방문하려는데 집에 계실 거죠?'
'―일해야지. 집에 있을 틈이 어디 있어.'

강남 커피숍에서 만난 복지사
'―어머나, 일하신다고 해서 박스 줍는 줄 알았어요.
법무법인에 송무국장으로 일하시네요?'

월급 내용 묻고
아픈데 없느냐고 묻고
뭐가 신기한 지 싱글벙글
나처럼 즐겁게 살 수 있다면 좋겠단다.

긍정적인 삶
상대를 배려하는 마음
누구나 할 수 있는 일이거늘.

휴가

직장을 가진 사람에게는 재충전의 시간이요
가정사로 휴가는 인간애를 쌓는 시간

고희를 넘겨 직장생활을 영위하며
얻는 빛나는 휴가
낯선 야산에 풀집을 짓고
영원한 안식을 취하는 휴가도 가깝지만
내 주변을 돌아보고
격려와 삶의 기쁨 함께하는 시간
여유가 즐겁다.

이 작은 행복도 나누지 못하는
선배와 후배들의 그림자가 밟혀
마음으로 준비하는 휴가지의 작은 선물
미역과 파래김 한톳
마음을 나누는 증표.

내년에도 이 주는 기쁨
주님께서 허락하시면
나의 기쁨 함께 하고 싶다.

늙은 소

늙은 소는 울지 않는다.
슬픈 일이나
기쁜 일에도 긴 호흡 한 번
그것이 행복이다.

주인이 없어도 해지면
주인 수레에 태우고
집으로 돌아올 줄 알고
비탈밭 꿰내지 않고 갈아 넘기고 쉰다.

살아온 경험과 계절을 보는 안목
천안天眼이 열리고
비소리 듣는 처마 밑에서
인간사 가을을 추억한다.

채찍을 들어도
움찔 놀랄뿐
늙은 소는 울지 않는다.

벽壁

밤과 낮이 존재할 때부터
벽壁이 존재했다.

하늘天과 땅地
바다海와 산山
남자와 여자
어느 곳에서나 양극단의 존재
벽壁이 있다.

벽을 허물면
허물어진 벽 가운데
빛만 남을까
어둠만 남아 있을까

낙엽

만산의 홍엽
가까이 다가서면
하나하나 사연이 서럽다.

바람이 들려준 사연
적었을까?
천계天界의 비밀
은밀하게 옮겨놓았을까?

낙엽 한 장이
삶과 죽음의 경계비처럼 누워있다.
하늘과 땅의 경계
그 사이에 누워있다.

사랑의 기쁨

초판인쇄 · 2017년 12월 13일
초판발행 · 2017년 12월 20일

지은이 | 이병우
펴낸이 | 서영애
펴낸곳 | 대양미디어

출판등록 2004년 11월 제 2-4058호
04559 서울시 중구 퇴계로45길 22-6(일호빌딩) 602호
전화 | (02)2276-0078
팩스 | (02)2267-7888

ISBN 979-11-6072-018-1 03810
값 13,000원

이 도서의 국립중앙도서관 출판예정도서목록(CIP)은 서지정보유통지원시스템 홈페이지
(http://seoji.nl.go.kr)와 국가자료공동목록시스템(http://www.nl.go.kr/kolisnet)에서
이용하실 수 있습니다.(CIP제어번호 : CIP2017032629)